Début d'une série de documents
en couleur

# COUVERTURES SUPERIEURE ET INFERIEURE D'IMPRIMEUR

536

Fin d'une série de documents
en couleur

# LES PEAUX-ROUGES

4ᵉ SÉRIE PETIT IN-8ᵒ.

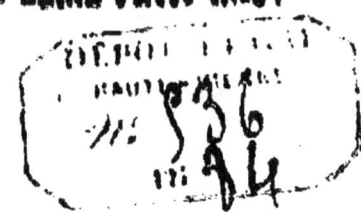

## Chef Pawnie.

# LES
# PEAUX-ROUGES

DE

## L'AMÉRIQUE DU NORD

PAR

### BÉNÉDICT-HENRY REVOIL

## LIMOGES

EUGÈNE ARDANT et Cie, ÉDITEURS

**Propriété des Éditeurs.**

# LES PEAUX-ROUGES

## DE

## L'AMÉRIQUE DU NORD.

———

Les premiers colons qui s'établirent au milieu des peuplades de l'Amérique du Nord ne furent supportés par ces tribus indigènes qu'eu égard à leur faiblesse numérique apparente et à leur semblant de bonne amitié pour leurs frères les Peaux-Rouges.

Peu à peu les fils de la liberté, les enfants du désert émaillé de fleurs, les habitants des Prairies, en un mot, conçurent une certaine crainte. Les forêts vierges s'émurent à l'aspect de la civilisation et de la hache envahissante qui sapait leurs arbres allm d'en façonner les matériaux des *log-houses* et autres demeures des établissements anglais.

Les Indiens se retirèrent devant ces progrès inutiles à leur besoin, et on ne les vit reparaître qu'à l'époque où ceux qui les avaient ainsi dépossédés de la terre de leurs ancêtres eurent besoin d'aide pour repousser les attaques de la mère-patrie, et conquérir une liberté qui devait les rendre le peuple le plus indépendant du monde entier.

Comment ces souvenirs de bonne hospitalité sont-ils conservés de nos jours aux Etats-Unis? Hélas! les Indiens ont été et sont encore payés par la plus noire ingratitude. Le cœur vous saigne lorsque l'on songe que ces malheureux, d'abord dépossédés de leurs terres, décimés par des guerres cruelles, n'auront bientôt plus d'asile dans ces forêts où les débris de leur race avaient l'espoir de n'être jamais poursuivis par la civilisation.

Les Peaux-Rouges, plus malheureux et

plus nobles que les Peaux-Noires, en dépit
de madame Beecher Stowe et de ses adhé-
rents, n'ont contre leur misère d'autre recours que la mort, puisque leur nature altière se refuse à la servitude, tandis que la
race nègre arrivera un jour à la liberté par
l'esclavage. Ce qui reste de dignité sauvage,
de force native et de généreuse indépendance chez ces parias de l'Amérique, ins-
pire une vive sympathie aux poètes et aux
romanciers, ces bonnes âmes qui ne vivent
pas seulement de paix, mais de nobles pen-
sées et de saintes inspirations. Cooper, dans
ses ouvrages, a payé la dette de l'humanité
à cette race hardie et courageuse que ses
compatriotes ont anéantie. Monsieur Mac-
Lellan, jeune barde américain, a aussi con-
sacré quelques chants et plusieurs poèmes
à la chute des Indiens. Il appartient à la
poésie de réhabiliter toutes les infortunes.

J'ai aussi à cœur de payer mon tribut à
ces races héroïques et mal appréciées, de
relever dans les lignes qui suivent ces hom-

mes que l'on traite aujourd'hui de sauvages, et qui, n'écoutant que leur généreux
instinct, ont accueilli sans arrière-pensée
la race anglaise sur le sol où ils régnaient
en maîtres, sans se douter qu'un jour arri-
verait où ils seraient traîtreusement chas-
sés de leurs possessions, du territoire où
avaient vécu et étaient morts leurs ancêtres.

Les Indiens de l'Amérique du Nord possèdent un esprit élevé, une intelligence
développée et peut-être égale à celle de la
race blanche. C'est probablement ce qui fait
que leur proscription est politiquement né-
cessaire. Les blancs et les Peaux-Rouges
ne peuvent donc pas vivre ensemble; on
dirait que le souffle de l'un vicie l'air que
doit respirer l'autre.

Les fils du sol américain sont d'une fidélité sans exemple pour les vieilles traditions et les coutumes de leurs pères.

Elevez-les dans les colléges, habituez-
les dès leur jeune âge aux mœurs des
grandes villes, rien ne pourra les y atta-

cher, et, à la première occasion, ils s'enfui-
ront dans les bois et remplaceront l'habit
du citoyen par la couverture, et le chapeau
rond par la plume d'aigle. C'est cette reli-
gion du souvenir qui rend impossible le
rapprochement des races; car, au milieu de
la civilisation américaine, il est impossible
de comprendre qu'on pût supporter à
Washington l'audace d'une tribu de Pieds-
Noirs et de Comanches, se gouvernant par
leurs lois, dressant leurs bûchers, déployant
leur luxe de tortures et s'entr'égorgeant au
milieu des rues ou sous les portiques des
églises. C'est ainsi, pour n'avoir pas à s'oc-
cuper des affaires particulières de ces voisins souvent tapageurs, que le gouvernement américain a relégué les Peaux-Rouges
de l'autre côté du Mississipi.

Il existe à Washington une administration qui n'a d'analogie dans aucun pays du
monde : c'est le bureau des affaires indiennes, et dans ce bureau, qui joue un rôle fort
important, on travaille sans cesse à main-

tenir, *per fas et nefas*, la sécurité d'une puissante nation dont le territoire n'est plus borné à l'est et à l'ouest que par deux océans.

Les fonctionnaires du bureau indien sont chargés de tous les rapports avec les tribus indigènes. Là se déclare la guerre; là se préparent les lois à imposer aux Peaux-Rouges; là surtout se dirigent les opérations du refoulement, au sujet desquelles les scrupules des Américains ont enrichi la langue anglaise du mot harmonieux et presque caressant de *removals*.

L'invasion européenne a bien pu déplacer et renvoyer au couchant la race des Peaux-Rouges, mais elle ne l'a pas détruite. Si, à l'heure où nous écrivons, quelques peuplades sauvages telles que les Mandanes, les Mohicans, les Mohawks ont disparu, le plus grand nombre résiste encore, et les derniers rapports publiés par le bureau indien à Washington ont mis sous nos yeux des noms familiers à nos oreilles pendant notre séjour de dix années aux Etats-Unis.

Non-seulement on trouve des Indiens dans la vaste contrée qui scinde en deux parties égales l'Arkansas supérieur, mais encore ils sont disséminés dans tous les Etats nouveaux et encore à moitié peuplés de l'ouest, tels que le Missouri, le Wisconsin, l'Orégon, et au milieu même des populations les plus agglomérées de l'Alabama, de la Caroline et de la Floride. Les Peaux-Rouges peuvent être divisés en trois catégories : la première, celle des tribus qui, reculant toujours devant la race blanche, s'enfoncent au milieu des forêts inexplorées et des déserts lointains pour y abriter la liberté de leur vie sauvage. La seconde consiste en peuplades qui disputent pour ainsi dire pied à pied le terrain à l'empiétement des colons, ou bien encore qui se trouvent enveloppées par les réseaux de la civilisation. Enfin, la troisième catégorie comprend les Peaux-Rouges, qui essayent de se plier aux habitudes de colonisation

agricole et d'une organisation régulière et
régie par des lois.

Au nombre des premiers de cette nomen-
clature, nous citerons les Comanches, dont
les incursions inquiètent souvent les ha-
ciendas et les villages du Texas et du Nouveau-Mexique. Ces Indiens, comme ceux de
toutes les tribus sauvages, n'ont que deux
occupations, la chasse et la guerre; la
guerre contre tout ce qui approche de leurs
wigwams de peaux de daims, visages pâles
ou peaux rouges. Plus au nord se trouvent
les Missouris, les Omahas, qui, placés il y
a deux ans à peine aux derniers confins de
l'Union, sont placés par l'annexion de la
Californie aux Etats-Unis, sur la grande
ligne qui relie les deux océans, et voguent
par conséquent en pleine eau dans le cou-
rant de l'émigration européenne. En
mainte et mainte occasion les émigrants
ont eu maille à partir avec ces passagers
incommodes, et cela n'est pas étonnant, surtout si l'on songe à la querelle incessante

des visages pâles avec les Peaux-Rouges
sur la question de la chasse aux bisons.
Ce n'est pas sans colère que les peuplades
de l'ouest voient s'épuiser peu à peu la
plus abondante et la plus certaine de leurs
ressources.

Il a été établi par des calculs assez posi-
tifs que la population des tribus indiennes
qui habitaient le territoire immense compris entre l'océan Atlantique et l'océan Pacifique, s'élevait seulement à dix millions
d'âmes, lors de l'arrivée des Anglais dans
l'Amérique du Nord. Quelques-unes de ces
tribus étaient à la fois remarquables par
leur courage et leur industrie. Les Vowaks
et quatre autres tribus formaient une con-
fédération qui s'étendait depuis les lacs du
Canada jusqu'en Virginie. Les Chérokées
n'occupaient pas moins de trente-six millions d'acres de terre pour leur chasse.

Actuellement, le nombre des Indiens
compris dans les limites du territoire américain s'élève à environ quatre cent mille;

dix-huit mille habitent les Etats de l'est, la rivière du Mississipi, Michigan et Wisconsin. Les Chérokées, les Choctaws et les Seminoles dans la Nouvelle-Caroline, la Floride et le haut Mississipi.

Cent dix mille Peaux-Rouges résident dans le Minesota et les frontières du Texas; soixante-trois mille dans les plaines et le milieu des montagnes Rocheuses; vingt-neuf mille habitent le Texas; quarante-cinq mille le Nouveau-Mexique; cent mille la Californie et l'Utah, et vingt-trois mille les territoires de l'Orégon et de Washington. Le gouvernement a dû se préoccuper des Indiens du Michigan, qui sont au nombre de sept mille, divisés en soixante communautés différentes, qui toutes ont leurs lois séparées. En leur donnant une organisation régulière, il a pensé qu'il serait facile d'étendre parmi eux la civilisation et d'empêcher les brigandages qu'une vie errante et nomade leur fait commettre.

Par un décret du congrès, dernièrement

promulgué, le président des États-Unis a
nommé un commissaire spécial pour ouvrir
des négociations avec les Indiens du Missouri et de l'Iowa, et chercher à y fonder
des établissements. Cet agent a successi-
vement visité les Omahas, les Otocs, les
Toways, les Sacs, les Kickapvas, les Dela-
wares, les Rawnées, les Wyandots, les
Tottawatamies, les Chinpewas de la crique
du Cygne et de la rivière Noire, les Otawas
de la Roche de Bœuf, les Piankashawas, les
Peorias et les Miamies; toutes ces tribus
sont comprises dans le territoire du Missouri
et de l'Iowa.

Le commissaire du gouvernement a ou-
vert des négociations avec tous les chefs, et
les trouve peu disposés à entrer en arrangement. Ils étaient effrayés de cet envahisse-
ment de leurs terres par les Américains.
Quelques-uns, encore plus hostiles, propo-
sèrent une grande réunion de toutes les
tribus pour organiser une défense générale
contre les blancs; cependant, peu à peu, et

grâce à l'habile diplomatie de l'agent, cette effervescence se calma, et ils revinrent à des idées moins belliqueuses.

Les Indiens refusèrent d'abord à l'unanimité de vendre leurs terres au gouvernement, puis quelques-uns y consentirent, à condition de recevoir un tribut annuel. Il fut enfin décidé que tout arrangement définitif serait pris au printemps prochain. Il faut espérer que d'ici là les Indiens réfléchiront à leurs véritables intérêts. Car, quoi qu'ils fassent, ils n'en devront pas moins succomber devant la force numérique.

Dans un grand nombre de districts, quelques Indiens ont su créer des fermes et des établissements d'agriculture. On leur laissera la gestion de ces terres, et cette mesure probablement donnant de la confiance, leur ôtera toute idée d'accaparement égoïste. Malheureusement ces exemples sont rares, et la plus grande partie de ces

populations est très-peu instruite, pares-
seuse, intempérante, à moitié sauvage.

Le gouvernement américain, afin de se
délivrer de toute crainte de ce côté, a con-
sacré d'énormes sommes pour civiliser ces
peuples et leur donner du travail, de l'éducation et de l'aisance. Les efforts n'ont point
encore amené des résultats complets.

Les Wyandots et les Otawas ont une es-
pèce de législature et des règlements, mais
les autres tribus ne sont soumises à aucune
loi et ne connaissent aucun frein.

A vrai dire, il n'y a que trois tribus qui
aient fait de sérieux efforts pour se trans-
former; ce sont les Chérokées, les Choctaws, et les Chicasanes.

Les Chérokées ne comptaient en 1837 que
treize mille âmes, mais depuis que les Américains des frontières ont cessé contre ces
peuples leurs odieuses poursuites, ils ont
commencé à prendre de l'accroissement. En
1847, leur nombre s'élevait à quinze mille
âmes, et en 1856 on comptait chez cette na-

tion trente-quatre mille habitants, y compris treize mille Africains et deux cent cinquante Européens qui se sont réunis aux Chérokées, soit par alliance, soit à la suite de rapports d'intérêts ou d'amitié.

Les Chérokées possèdent actuellement cent huit mille animaux domestiques, huit mille rouets et trois cents fermes. En fait, ils peuvent se suffire à eux-mêmes et vivre dans l'abondance et la prospérité. Un gouvernement bien organisé veille aux intérêts de la communauté. Le pouvoir exécutif est confié à un président assisté d'un vice-président, de trois conseillers qui sont choisis par la législature, qui se compose d'un comité national et d'un grand conseil. Seize membres forment le premier, et vingt-quatre le second, lesquels ne restent en fonctions que pendant deux ans. Tous les mâles qui ont dix-huit ans, à l'exception de ceux d'origine africaine, ont le privilége de voter. Chacun des deux pouvoirs législatifs, quoique compris sous la dénomination commune de conseil général de la nation des Chérokées, est indépendant l'un de l'autre, mais les conseillers qui assistent le pouvoir exécutif sont renouvelés tous les ans. A l'instar des habitants de l'Union, les Chérokées ont établi trois degrés de juridiction. Leur condition morale s'est ressentie du progrès de leur état politique.

La polygamie s'est effacée de leurs institutions, et les femmes jouissent des mêmes prérogatives que les hommes. Ils ont chez eux une trentaine d'écoles, et deux mille enfants y reçoivent les premières notions de lecture, de calcul et de dessin. Le gouvernement possède aussi une imprimerie, où l'Evangile, quelques livres pieux et un journal, *The Cherokee advocat*, ont été et sont imprimés avec des caractères gravés exprès par un Indien de cette tribu.

Le costume des Chérokées est le même que celui de leurs voisins les Pawnies, les Sioux et autres. Leurs habitations sont propres et confortables; elles sont construtes en briques et en bois, et sont assez bien distribuées à l'intérieur. La plupart n'ont qu'un rez-de-chaussée; mais d'autres ont un et deux étages.

Ce que la culture ne fournit pas à leurs besoins, ils se le procurent par échange; aussi peut-on prédire à ce peuple un développement rapide dans un avenir prochain. Doués d'une très-grande capacité, les Chérokées comprennent toutes les choses nouvelles, et si les Anglo-Américains ne portent pas atteinte à leur nationalité et ne cherchent pas à absorber dans leurs masses cette nation presque civilisée, les Peaux-Rouges Chérokées resteront seuls représentants des habitants primitifs du Nouveau-Monde, pour attester la cruauté des Européens.

De tous les Indiens de l'Amérique du Nord, il n'y en a point qui gardent plus de respect pour le souvenir de la France que les Peaux-Rouges Choctaws; nous leur devons à ce titre une attention particulière.

La nation des Chootaws réside dans le territoire de l'ouest, entre la rivière Rouge au sud, et vers la rivière Canadienne au nord. Sa capitale est Daaksville, village de deux cents âmes environ, et centre d'un commerce assez actif. Le pays se divise en quatre districts; chacun d'eux est gouverné par un chef élu pour quatre ans. Le grand conseil, qui a le pouvoir législatif et qui se compose de quatre chefs, se rassemble tous les ans au premier mercredi d'octobre. La présence de deux membres suffit pour la validité des délibérations. La justice est rendue par une cour nationale, une cour suprême et des cours inférieures de district. Le premier acte qui figure parmi les statuts de la nation est daté de 1834; il prohibe absolument l'introduction de toute liqueur forte. En 1852, le grand conseil a rendu une loi pour l'organisation de l'éducation publique; il a été établi six écoles, deux pour les hommes, quatre pour les femmes. Le crédit alloué pour l'entretien de ces écoles s'élève à 18,800 dollars, environ 100,000 francs.

Depuis 1847, les Chicasanes ont acheté, au prix de cinq cent mille dollars, le droit de faire partie de la nation choctaw et de s'abriter sous ses lois. Ils forment à eux seuls le district qui porte leur nom. Les relations des Indiens avec l'Union américaine ont été toutes pacifiques pendant l'année 1861. Cependant, ni l'esprit ni les mœurs des tribus ne se sont modifiés sensiblement; la race indigène, fidèle à ses instincts sauvages, se plaît à se détruire elle-même par l'abus des liqueurs fortes que lui fournit volontiers le gouvernement américain, et elle s'abandonne avec fureur à d'horribles et fréquentes guerres intestines.

Par ce double motif, la mission principale du bureau des affaires indiennes a pour objet la pratique du removal. Un traité conclu en 1848 oblige les Stockbridges et les Munsées du Wisconsin à transporter leurs wigwams à l'ouest du Mississipi. Il a été exécuté.

L'administration est occupée en même temps à déplacer une branche de Choctaws et une tribu des Cricks dans l'Alabama, le Catawba dans la Caroline du Nord. Elle est en négociation avec ce qui reste de Seminoles, dans la Floride, pour les décider à rejoindre leurs frères transplantés dans l'ouest depuis 1842; mais il paraît qu'elle se heurtera contre de très-sérieux obstacles. Du moment où elle leur a parlé d'émigration, les Seminoles sont en quelque sorte devenus invisibles. On ne les rencontre plus; cependant un de leurs chefs, Billy Bonlegs, a eu, en 1855, une entrevue avec le général Turgg; car c'est maintenant l'autorité militaire qui est chargée de traiter avec cette indomptable tribu.

Toutes ces opérations terminées, le territoire entier de l'Union, excepté l'Orégon et les contrées récemment acquises du Mexique, ne sera plus habité que par le race européenne, et le land-office se sera enrichi de terres étendues et fertiles, dont la vente est, on le sait, une excellente ressource pour le budget de la république.

Afin d'ouvrir vers l'océan Pacifique le passage dont nous avons parlé, une convention a été dernièrement arrêtée avec les Sioux, qui ont consenti à céder au gouvernement fédéral trois cent quatre vingt-quatre mille acres de terre sur la rive ouest du Mississipi, et à chercher plus au nord un autre établissement. D'un autre côté, le bureau des affaires étrangères se prépare vers le sud les Sacs et les Foxes du Missouri, les Iowas, les Omawas, les Ottas les Missouries, les Poncas et même les Pawaces.

Nos lecteurs nous pardonneront tous les détails précédents, qui, malgré leur aridité, n'en sont pas moins intéressants et dignes d'être relatés. Afin de mieux obtenir notre pardon, nous allons continuer par des faits et des histoires sur les Peaux-Rouges.

Sous le rapport physique, les Indiens de l'Amérique du Nord sont généralement d'assez beaux hommes; les femmes sont laides pour la plupart. Toutes proportions gardées, les Peaux-Rouges sont moins forts que les blancs. Le caractère principal de leur physionomie consiste dans la grande protubérance de leurs pommettes. Les mains de ces Indiens sont remarquablement petites et douces, ce qui vient sans doute de leur complète abstention de tout travail manuel. On n'a pas observé de différence notable de couleur entre les Indiens du sud et ceux du nord; mais les premiers nous ont paru avoir les mouvements plus rapides; et sous le rapport moral ils sont certainement très-différents, étant beaucoup plus faux, plus dissimulés et plus vindicatifs que les Indiens du nord.

Les nations qui habitent actuellement le sol de l'Amérique semblent différer sous le rapport physique de celles qui ont construit les tumuli, et sont répandues sur toute

2

cette partie du continent, et les crânes que
l'on trouve dans ceux-ci appartiennent tous
à la race péruvienne ; ce fait est digne de
remarque ; du reste, quelques peuples habi-
tant au-delà des montagnes Rocheuses ont
l'habitude de s'aplatir la tête.

Les tribus parlent des langages très-va-
riés ; il y a, dit-on, cent quatorze dialectes
parmi les nations sauvages de l'Amérique
La plupart sont nobles et harmonieux, et
semblent remarquablement doux dans la
bouche des femmes. On n'a jusqu'ici cher-
ché à soumettre aux formes grammaticales
que celui des Chérokées, des six nations
des Chippeways et celle des Sioux ou Daco-
tahs. Dans la partie montagneuse de la
Géorgie, les missionnaires ont traduit les
Evangiles dans la langue des Mohawks (six
nations), et un essai très-imparfait de gram-
maire chippewaye a été publié aussi. Cette
dernière langue est la langue de cour de
tous les Indiens du nord-ouest ; c'est celle
que l'on parle dans les conseils des chefs

des diverses tribus. Les voyages du célèbre
voyageur Schvoloraff ont jeté un grand
jour sur sa formation. Nous avons recueilli,
pendant notre séjour aux Etats-Unis, quelques vocabulaires seminoles; cette langue
à beaucoup de rapports avec celle des Cricks,
dont ce peuple n'est qu'un démembrement,
ainsi que le démontre son nom, qui signifie
réfugiés.

Quelques chefs seminoles comprennent
l'espagnol, et une très-grande partie des
Indiens du nord-ouest parlent français. Les
Hurons du village de Lorette (Canada) ne se
servent que de notre langue même entre
eux. Il y a dans le Wisconsin, près du lac
de Winbago, les restes d'une tribu trans-
portée de l'Etat de Newport, et nommés aujourd'hui les Brother Town. Par un exemple
bien rare chez les Indiens, si curieux de
leurs vieilles traditions, ceux-ci ne parlent
qu'anglais, et ont même oublié le nom de
leur tribu.

Les Indiens qui comprennent une langue

européenne cherchent ordinairement à le dissimuler, et dans les conseils tenus entre eux et les blancs, l'on se sert toujours d'interprètes, même lorsque des deux côtés l'on comprend les deux langues.

Les Indiens sont généralement éloquents et aiment les longs discours; ils ont d'ordinaire l'organe du langage fort développé; ils se servent continuellement de métaphores, et sous ce rapport comme sous beaucoup d'autres, ils rappellent les peuples d'Orient.

J'ai dit plus haut que les femmes indiennes étaient laides; cela est vrai pour la majorité; il en est pourtant dont la beauté est célèbre; et sans citer la belle Pacahoutas, qui épousa le capitaine Smith, dont elle avait sauvé la vie, je mentionnerai, parmi celles que j'ai connues pendant un séjour de quelques mois au milieu d'une tribu pawnie résidant au rendez-vous des cinq rivières, une admirable jeune fille, la belle Otami-ah, dont j'ai parlé très-au long dans mon volume de *Chasse et pêche de l'autre monde*, au chapitre de la chasse aux bisons. Cette superbe créature, dont j'ai croqué le costume, avait la figure à la fois altière et remplie de douceur, un galbe de Vénus, des pieds et des mains sans pareils au monde.

Il me semble la voir encore, revêtue de son costume de guerre, un bandeau sur le front, sa carabine passée en bandoulière, la jambe tendue et bien cambrée, la poitrine ronde et le sourire sur les lèvres. Elle posait, la jolie fille du désert, sans le savoir, avec une coquetterie toute naturelle et cependant savante au plus haut degré. Son père, un admirable vieillard, se plaisait à la voir ainsi s'élancer sur un cheval, franchir les torrents, sauter par-dessus les précipices, et se livrer à une fantasia qui était plutôt le propre d'un garçon que d'une fille; mais sans avoir rien de masculin dans sa personne, Otami-ah avait en elle toute l'énergie qui caractérise l'enfant du désert. Une nuit, me racontait son père, elle avait vu, à travers les lueurs des feux du camp, dix Peaux-Rouges se glissant dans l'ombre pour surprendre sa tribu endormie. S'élancer sur une carabine, tirer sur le chef de ces assassins, le tuer et donner ainsi l'alarme à ses frères et amis, tout cela avait été l'affaire d'un moment.

Surpris à l'improviste, les ennemis avaient voulu fuir; mais tous, jusqu'au dernier, avaient péri, grâce à l'énergie de la belle Indienne. A dater de cette nuit mémorable, la belle Indienne avait été considérée comme l'ange protecteur de sa tribu. Quelque temps après ma visite au cœur de sa tribu, elle avait épousé un de ses cousins, nommé Walalalla, grand et beau jeune homme auquel elle était fiancée à l'époque où je lui donnais des leçons de guitare.

C'est encore pendant cette excursion au milieu des prairies de l'Illinois, que j'appris d'un vieux trappeur certains traits

d'audace et de courage dont les Peaux-
Rouges étaient les héros. On sait que pendant nos guerres avec les Anglais, à l'époque où la France possédait le Canada, nous
n'avions pas de plus grands ennemis que
les Peaux-Rouges des tribus voisines de
Montréal et de Québec. Le vieux trappeur,
ancien soldat français, avait connu un
vieux sachem, le célèbre Plume-d'Aigle,
dont il me raconta l'histoire, que je transcris
ici avec une fidélité scrupuleuse.

— Cette campagne que vous apercevez
devant nous, me disait-il, est semée de
monuments qui ont pour moi le charme
des souvenirs et l'intérêt de l'histoire. Je
ne pose pas le pied sur un de ces gazons
dont vous voyez les crêtes verdoyantes sans
que la terre me réponde.

Tenez, ajoutait-il en redressant son corps
plié en quart de cercle, vous voyez bien
là-bas, ce petit tertre surmonté de deux
arbres et couvert d'une moisson de maïs,
c'est là que repose l'ami fidèle, le compagnon

de mes jeunes années. C'est à son adresse, à son courage, à sa fidélité que douze Français, moi compris, nous dûmes la vie.

— Comment cela? dis-je à cet homme avec un mouvement plein d'intérêt.

— Oh! cher Monsieur, répondit le vieillard en essuyant de la main ses yeux humides, c'est un souvenir qui est gravé là et là, fit-il en montrant sa tête et son cœur.

— C'était donc un bien brave homme? répondis-je.

— Un homme! non, répliqua mon interlocuteur avec surprise, c'était un Indien.

— Eh bien! alors, vous allez me raconter son histoire.

— Ce que vous me demandez là, Monsieur, est bien difficile, car ma pauvre tête s'en va, et puis, voyez-vous, quand je raconte cette histoire, j'en rêve toute la nuit, et cela me donne le cauchemar. Je vois encore devant moi le terrible spectacle de la mort, les hideuses convulsions de l'agonie, et au milieu de tout cela Plume-d'Ai-

gle tombant au milieu de nous comme la
foudre; le vrai nom de l'Indien était Kahamakna.

— Et c'est ce brave Indien qui est enterré
sous ces chênes?

— Lui-même; il appartenait à la tribu
des Illinois, dont il était un des chefs les
plus influents. Lorsque mes camarades et
moi nous arrivâmes du fort de Chartres, il
nous accompagna jusqu'ici, nous aida, là
même, à dresser nos tentes. J'étais encore
un enfant à cette époque; mais ces circonstances sont présentes à ma mémoire comme
si la chose datait d'hier.

— Eh! vous voyez bien que la tête est
encore bonne.

— Oh! dit le vieillard, ce n'est pas la
tête qui raconte; la tête s'en va, mais le
cœur, oh! le cœur, jamais!

— Eh bien! voyons, racontez-moi donc
ce que fit ce vaillant Plume-d'Aigle, dis-je,
m'asseyant à côté du vieillard, qui s'était
déjà placé sur un tronc d'arbre.

— Plusieurs années s'écoulèrent, répondit le vieillard, pendant lesquelles nous travaillâmes à bâtir le village de Kaokia, près duquel nous nous trouvons. Nous étions toujours au mieux avec les Peaux-Rouges, qui venaient échanger leurs fourrures contre des colliers de verre, du vermillon, du tabac et des couvertures, que nous leur fournissions. Il fallait voir, Monsieur, la joie de ces braves gens au retour de leurs excursions de chasse; c'étaient des cris et des danses à devenir sourd. Certain dimanche, nous vîmes venir à nous quatre chefs; ils étaient tellement frottés de vermillon, qu'on aurait pu les prendre pour des écrevisses. Ils nous tendirent la main : nous leur donnâmes la nôtre, et nous allâmes nous asseoir sous ce grand chêne qui est au milieu du village. Après leur avoir offert du tabac, qu'ils acceptèrent, l'un d'eux prit la parole et nous dit :

— Frères, les nuages noirs montent derrière la grande montagne; avant peu,

Il y aura du feu dans le ciel et sur la terre. Tenez, regardez l'horizon, et soyez prêts.

Il faut vous dire, Monsieur, que nous comprenions ces paroles sentencieuses.

Ce qu'il venait de dire signifiait simplement que nous aurions la guerre. Après différentes questions, nous apprîmes que plusieurs Anglais étaient arrivés parmi eux, chargés de présents, au moyen desquels ils avaient engagé d'autres chefs à se déclarer contre nous. Cette nouvelle nous trouva aussi calmes que si nous y eussions été préparés. Il eût été d'ailleurs dangereux de manifester aucun sentiment de crainte en présence des Peaux-Rouges, cela seul eût suffi pour les détacher de notre cause.

— Et que répondîtes-vous aux quatre chefs?

— Nous répliquâmes en riant que nous avions, pour recevoir nos ennemis, de la poudre noire et des sarbacanes de fer : c'était ainsi que les Indiens appelaient nos fusils. Il y avait parmi eux un grand Sioux.

que j'avais vu quelquefois au camp. Sa mine hypocrite, son sourire perpétuel, son regard qui fuyait toujours le nôtre, m'avaient prévenu contre lui ce jour-là; plus que tous les autres, il paraissait embarrassé; je me disais à part moi :

— Voilà un drôle qui vient pour nous espionner.

Cependant, mes camarades et moi nous fîmes préparer un grand festin, auquel nous invitâmes nos hôtes. Le souper se prolongea fort avant dans la nuit, et les étoiles disparaissaient à peine devant le jour, que nos quatre Indiens, ivres-morts, étaient encore couchés sous la table autour de laquelle nous avions festoyé.

— Je comprends : ce que voulaient ces quatre Indiens, vous vouliez le savoir, et vous avez eu recours aux boissons excitantes.

— Depuis quelque temps, continua le vieillard sans répondre à mon interruption, quelques chefs indiens s'apercevant de no-

tre facilité à ajouter foi à leurs rapports,
rapports que nous récompensions avec mu-
nificence, spéculaient sur notre crédulité.
L'Anglais était pour eux une excellente
marchandise avec laquelle ils nous exploi-
taient à leur manière. Mais nous ne tardâ-
mes point à reconnaître le subterfuge; nous
les enivrâmes afin d'arriver à la connais-
sance de la vérité. Cette fois, nous apprîmes
que les légions d'Anglais dont on nous me-
naçait se réduisaient, toute soustraction
faite, à un médecin anglais accompagné de
son domestique, venus tous les deux dans
les tribus indiennes pour chercher à les
faire soulever contre nous.

— Ce danger-là était peut-être fort
grand, ce me semble, dis-je en voyant le
vieillard sourire à ces derniers mots.

— Vous ne connaissez point les Peaux-
Rouges, Monsieur; songez donc que nous
étions en force sur ce territoire, et que les
Anglais ne s'avancent qu'au moyen d'es-
pions et grâce à des présents. Or, le sau-

vage peut fort bien céder un instant à un
collier de verre qu'il oubliera le lendemain,
mais il se souviendra toujours que le canon
d'un fusil est braqué sur sa poitrine, car
chez lui la crainte sert d'assaisonnement à
l'amitié, et nous assaisonnions tellement
ce dernier sentiment, que nous n'avions
rien à redouter. Bref, lorsque nos convives
eurent bien cuvé leur vin, nous les aidâ-
mes à se remettre sur pied, et à la place
des présents qu'ils attendaient sans doute
en échange de leur confidence, nous leur
fîmes promesse de nous rendre le lendemain
dans leur camp, et là de reconnaître libéra-
lement l'intérêt qu'ils venaient de nous
manifester. En effet, le lendemain, douze
de mes camarades et moi, armés et équipés
jusqu'aux dents, nous nous rendîmes au
pied de ce grand tumulus que vous voyez
sur votre droite; c'était là que les Indiens
nous avaient donné rendez-vous.

— Bravo! m'écriai-je avec joie, nous
voici arrivés à la partie dramatique de votre
récit.

— Nous étions à peine en vue du camp, continua le vieillard, qu'un détachement d'une vingtaine d'Indiens vint à notre rencontre.

Ils avaient tous endossé, pour nous recevoir, leurs horribles habits de guerre, et les larges aigrettes de plumes qui leur retombaient derrière la tête ajoutaient encore à leur aspect belliqueux. Je n'aime pas les fanfreluches; mais ces hommes étaient si beaux dans ce costume, que je ne pouvais m'empêcher de les admirer.

— Bien! dis-je en pressant la main qu'ils nous tendaient, bien, mes gars! vous êtes magnifiques aujourd'hui. Est-ce que nous serions de noce, par hasard?

A peine avions-nous mis le pied dans l'enceinte du camp, qu'une musique épouvantable se fit entendre, musique à nous briser le tympan. Les malheureux, croyant nous être agréables, avaient réuni toutes les femmes pour jouer du tambour. Le tambour indien est, comme vous le savez, un baril

défoncé par les deux bouts et recouvert
d'une peau de daim. Dans le but de rendre
la réception complète, ils avaient ajouté à
cette musique infernale le bruit de plusieurs tibias de bœuf que des enfants co-
gnaient les uns contre les autres. Je n'ai
jamais entendu rien de pareil. C'était à
faire sortir les morts de leurs tombeaux.

— Où est donc Plume-d'Aigle? dis-je aux
Indiens qui nous entouraient. Est-ce pour
nous recevoir qu'il a ordonné tout ce tinta-
marre? Il faut vous dire que le fidèle Peau-
Rouge dont je venais de prononcer le nom
était l'ordonnateur de ces sortes de fêtes,
dans lesquelles il avait l'habitude de prodi-
guer le son du tambour. Je croyais celle-ci
de son invention, et je m'apprêtais à lui en
faire le reproche, lorsque j'appris, à ma
grande surprise, que cette fois Plume-d'Aigle n'était point coupable. Il était parti la
veille au soir avec un détachement de la
tribu des Illinois pour aller à la chasse des
loutres. A force de prières et de signes,

nous parvînmes à calmer cet excès d'har-
monie et nous pûmes enfin nous entendre.
Plusieurs détachements de différentes tribus s'étaient joints aux Illinois pour nous
fêter. Les lieux où nous sommes étaient
alors bien différents de ce qu'ils sont aujour-
d'hui. A la place de ces champs de maïs
que vous voyez maintenant, régnaient, autour des tumulus indiens, des forêts si épais-
ses que la lumière du soleil pouvait à peine
s'y frayer un passage; ses rayons étaient
distribués avec une telle parcimonie qu'à
peine, de distance en distance, distinguait-
on quelques jets lumineux dont les reflets
éblouissants, épars çà et là, tantôt sur des
flaques d'eau croupissante, répandaient la
vie et la gaieté sur des mondes inconnus
peuplés d'insectes et de reptiles.

Au sein de cette nature sombre et mysté-
rieuse, l'esprit se peuplait de fantômes et
l'âme de terreurs. Aussi les Indiens, dans
leur cruelle superstition, choisissaient-ils
ces lieux pour s'y livrer aux évocations

magiques dont leurs sorciers ou médecins
les entretenaient sans cesse. C'est là aussi
qu'ils se réunissaient dans leurs grandes
fêtes ou dans les occasions solennelles, per-
suadés que l'âme de leurs chefs, enterrés
dans les tumulus voisins, assistait à leurs
jeux et à leurs délibérations. Leur vénéra-
tion pour leur culte était si grande que,
porter la hache sur quelqu'un des arbres de
la forêt était considéré comme un acte d'im-
piété.

C'était dans ce lieu saint et sous la voûte
la plus obscure que les sauvages avaient
dressé la table du festin. Cette table était
tout uniment fabriquée de vieux troncs
d'arbres empilés les uns sur les autres et
recouverts de peaux. Au centre de cette
table figurait un bison tout entier, rôti
d'après le procédé particulier aux peuples
primitifs et flanqué de cochons préparés
selon les mêmes principes culinaires. De
nombreuses pièces de gibier remplissaient
les intervalles laissés entre les pièces prin-

cipales, et des corbeilles de fruits artiste-
ment rangés et distribués achevaient de
donner au festin l'apparence de ces repas
fantastiques que l'on ne rencontre plus
que dans les contes de fées et de génies.
Tout cela était vraiment magnifique et
m'aurait tout-à-fait séduit, si je n'avais vu
devant moi la figure sournoise et méchante
du chef sioux dont je vous ai parlé. Ce soir-
là un sourire sinistre, pareil à celui de
Satan lorsqu'il perdit l'homme, faisait gri-
macer ce visage sur lequel passait de temps
à autre l'éclair furtif d'un regard fauve et
incertain.

Je ne raconterai pas les particularités du
repas. La cordialité la plus sincère, l'ex-
pansion la plus franche ne cessèrent de
régner du commencement à la fin. Puis,
lorsque tout ce monde fut repu de viande
et de fruits, les pièces disparurent, et comme
par enchantement les trois énormes cuves
remplies jusqu'au bord de whiskey, autre-
ment « d'eau de feu, » comme l'appelaient

les sauvages, furent placées sur la table.
Or, il faut vous dire que parmi les habitudes funestes que les Français avaient
importées dans ce pays, la plus terrible
de toutes, celle qui nous causa les plus
grands maux, fut l'introduction des liqueurs
fortes.

Le whiskey, cette importation des colonies
anglaises, a plus contribué à la destruction
des Indiens que ne l'ont pu faire la poudre
et le canon, ces agents civilisateurs des
peuples prétendus civilisés.

On mit d'abord le feu à la liqueur, et les
danses commencèrent, danses échevelées,
accompagnées de cris qui se prolongèrent
presqu'à la nuit. Pendant ce temps, la
liqueur brûlante était versée dans des cale-
basses que nous étions forcés de vider pour
répondre aux nombreuses santés que les
Peaux-Rouges nous portaient. Tout-à-
coup, et au milieu de l'excitation produite
par les danses et la boisson, j'entends un
de mes camarades pousser des cris terribles,

je le vois tomber de son siége et se rouler dans d'horribles convulsions.

D'un seul bond, et comme animés d'un même sentiment, mes amis et moi, croyant qu'il était blessé, nous nous précipitons à son secours. Mais une minute s'était à peine écoulée qu'un autre Français tomba à côté de lui, frappé de la même manière et manifestant les mêmes symptômes. La face contractée, les yeux hagards, la bouche écumante, les malheureux se tordaient sur le gazon, et leurs mains crispées le labouraient dans tous les sens. Nous cherchions en vain à les relever. Leurs muscles, tendus comme la corde d'un arc, avaient perdu toute flexibilité. Dans l'anxiété où cet accident jetait mon esprit, je ne m'aperçus point que plusieurs de mes camarades atteints de la même manière étaient déjà tombés sur le sol. Lorsque je me relevai pour aller chercher du secours, je m'aperçus alors que de tous mes compagnons, j'étais le seul qui restât debout. Victimes d'un horrible guet apens, nous étions tous empoisonnés! Je ne tardai pas moi-même à ressentir les effets du poison, mais soit qu'il m'eût été administré en plus petite quantité, soit que ma constitution résistât mieux à ses ravages, ie ne tombai point. D'un regard rapide je vis les sauvages, réunis en cercle, contempler d'un œil morne l'affreux spectacle que je viens de décrire. Chez eux, l'idée que le feu du ciel nous avait frappés empêchait qu'ils ne s'avançassent pour nous secourir. J'étais dans une situation déplorable, entre la vie et la mort, lorsqu'un cri affreux, pareil au miaulement d'un tigre qui s'élance sur sa proie, sortit du feuillage. Tout-à-coup, Plume-d'Aigle, le tomahawk d'une main, une gourde de l'autre, se précipita vers nous en s'écriant :

— Mes amis! mes chers amis!

Mais avant qu'il nous eût touchés, le petit instrument de guerre qu'il brandissait avait fendu la tête du chef sioux, qui, dans ce moment, animé d'une rage indicible, empêchait les autres Peaux-Rouges de s'approcher de nous. Là ne s'arrêtèrent point les exploits du chef. Après cet acte d'incompréhensible justice, il s'approcha de nous, et ayant porté sa gourde à nos lèvres, il nous fit avaler quelques gouttes du liquide qu'elle contenait. L'effet de ce breuvage fut instantané ; mes camarades et moi nous fûmes saisis de vomissements réitérés, et une demi-heure s'était à peine écoulée, qu'un assoupissement profond, suivi d'abondantes sueurs, s'était emparé de nous. On nous roula dans des peaux de bêtes sauvages, on alluma de grands feux ; et bientôt un sommeil réparateur nous plongeait dans le monde de l'oubli.

Le lendemain, lorsque nous nous réveillâmes, nous aperçûmes Plume-d'Aigle penché sur nos têtes, qui nous regardait en souriant. Vous sentez que notre première parole fut une parole d'amitié, nos premières questions des questions sur l'événement de la veille. Le chef raconta com-

ment il avait appris, par la femme du chef
sioux, que le médecin anglais avait séduit
ce misérable à l'aide de riches présents,
pour qu'il nous empoisonnât pendant un
repas public. Dès que Plume–d'Aigle avait
appris cette nouvelle, il avait rebroussé
chemin et avait pris chez lui le contre-
poison dont les Indiens ont l'habitude de se
servir pour leurs enfants, antidote sans
pareil qui, dans cette circonstance, nous
avait sauvé la vie d'une manière presque
miraculeuse.

Ce récit, que je résume en quelques
lignes, avait été débité avec une telle sim-
plicité et d'une voix si douce, qu'il nous
arracha les larmes des yeux. Les grandes
vertus n'ont pas besoin de science pour être
traduites et comprises. La magnanimité du
chef peau-rouge, l'expression naturelle de
ses sentiments pour nous, perçaient dans
chacune de ses paroles, sans qu'aucun art
en vint relever la naïveté et le charme. A
dater de ce moment notre amitié pour lui

n'eut plus de bornes; il était de toutes nos
fêtes et de tous nos travaux, partageait nos
peines et contribuait à nos plaisirs. Cette
existence fraternelle fut seulement inter-
rompue par sa mort. Ce noble enfant du
désert périt dans un combat contre un Indien
de la tribu des Sioux, qui lui reprochait
toujours la mort de son chef. Cette fin cou-
ronna dignement sa vie d'affection et de
dévouement. Après nous avoir sauvé la vie,
il mourut à son tour en combattant encore
pour nous, et les Peaux-Rouges qui le
virent tomber nous assurèrent que sa dernière parole avait été une parole d'amitié
pour les Français.

La tribu des Illinois consentit à nous livrer son corps, que nous enterrâmes près
de notre village, afin que sa mémoire restât
toujours dans tous les cœurs. Demain, cher
Monsieur, je vous conduirai vers le tertre
que je vous ai indiqué; vous y trouverez
une pierre tumulaire sur laquelle sont ins-
crits les mots suivants :

A LA MÉMOIRE DE PLUME-D'AIGLE,
AMI FIDÈLE ET COMPAGNON DÉVOUÉ,
LES FRANÇAIS RECONNAISSANTS.

Cette narration poétique de mon camarade de chasse est une des plus douces ré-
miniscences de mon excursion parmi les
Peaux-Rouges.

C'est encore le petit-fils de Kahamakna
qui commande la tribu des Pawnies, des-
cendant des Illinois, retirée dans la partie
supérieure du Missouri. Shar-cé-Tarish,
tel est son nom, est un magnifique Peau-
Rouge d'une taille gigantesque, que j'ai
eu l'occasion de connaître, et avec qui j'ai
passé plusieurs semaines au milieu des prairies, non loin du fort Léavenvorth.

La tribu des Mandanes, l'une des plus
importantes de l'Amérique du Nord, des-
cend, selon toute probabilité, du prince
Madawk, qui, en 1170 ou 1179, partit avec
dix vaisseaux pour faire un voyage de long
cours, et ne revint plus jamais au port : on

supposa qu'il s'était rendu en Amérique.
Les Mandanes de nos jours, — preuve
très-remarquable, — se donnent la qualifi-
cation de « faisans, » oiseau tout-à-fait in-
connu en Amérique et très-commun dans le
pays de Galles. Or, le prince Madawk avait
dans ses armoiries trois plumes de faisan.

Une autre bizarrerie des Mandanes est
qu'une grande partie de ces Peaux-Rouges
viennent au monde avec une touffe de
cheveux blancs sur le front (absolument
comme dans le drame de monsieur Séjour,
*le Fils de la Nuit*, le père de Ben-Leil lui-
même). Les hommes paraissent honteux de
cette singularité naturelle, et peignent cette
mèche en rouge ou en noir, tandis qu'au
contraire les femmes s'en montrent très-
orgueilleuses et laissent tomber ces boucles
blanches sur leurs épaules brunies.

Un autre rapprochement digne de remarque, c'est que le dialecte de ces Indiens
ressemble au gaëlique, et que leurs canots
ont la forme de ceux que l'on emploie en-

core de nos jours dans le pays de Galles et sur les côtes de l'Irlande. Les Mandanes fabriquent du verre et en font des ustensiles curieux. J'ajouterai enfin que la couleur de leur peau est moins rouge que celle de la plupart des Indiens de l'Amérique du Nord. De tous ces faits, il est possible de conclure que les navires du prince Madawk, entrés dans le golfe du Mexique, où les avait entraînés le Gulf-Stream, auraient remonté le Mississipi jusqu'à l'embouchure de l'Ohio, où l'on rencontre encore de nos jours les premiers vestiges des wigwams mandanes, jusqu'à la rivière Yellow-Stone, où s'élève en ce moment le village de cette nation.

Cette peuplade, l'une des plus intelligentes de toutes celles du continent américain, prétend avoir été la première créée par le Grand-Esprit. Suivant la tradition, ils vivaient, dans le principe, au centre de la terre, et y cultivaient des vignes. Un jour le cep de l'une d'elles poussa à travers une des fissures du globe et monta à la surface du sol extérieur. Ce fut le long de cette échelle d'un nouveau genre qu'un jeune homme grimpa et parvint à l'endroit où s'élève le village actuel. Il fit sur tout le territoire une excellente chasse, et, en bon camarade, voulut faire partager sa bonne fortune à ses amis. En conséquence, il descendit les avertir et ils revinrent en grand nombre à sa suite.

Dans le nombre des nouveau-venus à la surface de la terre, il y avait deux jeunes filles d'une beauté remarquable, qui passaient pour être vierges, et une grosse femme qui, en voulant grimper à son tour, fit rompre le cep de vigne et interrompit ainsi la communication entre ceux qui étaient dehors et ceux qui étaient dedans la terre. C'est alors que les premiers Peaux-Rouges mandanes bâtirent le village de Yellow-Stone.

Suivant les Osages, le premier homme de leur tribu est issu d'un coquillage qui,

dans plusieurs hiéroglyphes indiens, signifie un vaisseau. Le Grand-Esprit, l'ayant
rencontré sur la plage, lui donna un arc et
des flèches, en lui indiquant l'usage qu'il
pouvait faire de la chair pour se nourrir,
et de la fourrure pour s'en vêtir. Le Peau-
Rouge se mit donc en chasse et se trouva
fort bien de cet arrangement. Un jour le roi
des castors, assis sur le sommet de sa hutte,
l'aperçut passer non loin de son village
amphibie et lui proposa une de ses filles en
mariage, ce qui plut fort à cet Indien. Il ac-
cepta, épousa la « Castorine » et, chose
étrange! ils eurent beaucoup d'enfants,
bien formés, très-beaux (produit d'un Indien et d'un castor), qui furent la souche
de la nation osage. Aussi, en reconnaissance
de cette maternité, les Peaux-Rouges ne
tuent jamais de castors, car ils les consi-
dèrent comme partie intégrante de la famille.

Les Otaws, dont le type est tout-à-fait
israélite, descendent indubitablement d'une

émigration d'Hébreux. Mais rien n'est plus
difficile que de se faire une idée exacte de
l'origine diverse des Peaux-Rouges, depuis
l'émigration de leurs ancêtres jusqu'aux
jours de la découverte de Christophe Co-
lomb. Et d'ailleurs, ces enfants de la nature
préfèrent le mystérieux à la simple énumé-
ration des faits; c'est ce qui empêche de
soulever le voile qui cache aux Indiens leur
passé.

La taille des Peaux-Rouges varie beaucoup, mais en général ils sont aussi grands
que les Européens, très-musculeux, et
d'une légèreté sans pareille. Il en est pourtant dans ce nombre qui rappellent la race
des géants. Il m'est arrivé en deux ou trois
circonstances, pendant mon séjour dans
l'Illinois, de me trouver face à face avec
des colosses qui me rappelaient Bihin,
l'hercule belge, et l'ancien Gargantua du
café Mulhouse.

Les Peaux-Rouges ont la figure plutôt
ronde qu'ovale, les traits expressifs, les

yeux et les cheveux noirs. Je ne parle pas
de leur barbe, qui, à peu d'exceptions près,
n'existe pas, car même ceux sur le menton
desquels elle pousse l'épilent avec le plus
grand soin. Leur existence est assez longue, de cinquante-cinq, soixante-quinze et
quatre-vingt-dix ans, malgré les privations
auxquelles ils sont soumis; et généralement
ils sont peu sujets aux maladies.

A propos des vieillards, j'ajouterai qu'un
usage atroce règne parmi quelques tribus
nomades des prairies, à qui, de temps en
temps, le manque de nourriture impose
tout-à-coup les marches forcées les plus
pénibles. En pareille circonstance elles
abandonnent, dans le lieu qu'elles se voient
obligées de quitter, les vieillards trop dé-
crépits pour pouvoir où se tenir sur leurs
jambes ou supporter le mouvement du cheval. Cet usage s'est si profondément in-
crusté dans leurs mœurs, que souvent ce
sont ces malheureux vieillards eux-mêmes
qui demandent à terminer ainsi leurs jours.

Je me trouvais à un village des Puncahs au moment où ils venaient d'abattre leurs tentes et allaient partir; je fus témoin d'une de ces expositions, spectacle qui me navra le cœur.

L'homme abandonné avait été un vaillant chef de guerre; chaque jour encore tous les jeunes courages de la tribu s'exaltaient aux récits de ses exploits comme aux sons nivrants d'un clairon belliqueux; mais parvenu à sa centième année, le héros n'était plus qu'un homme, un reste d'homme, un commencement de cadavre. Je le vois encore assis, tout tremblotant, auprès d'un petit feu que lui avaient allumé ses amis, avec un vase plein d'eau à sa droite et quelques morceaux de viande à sa gauche. Sa tête chenue, affaissée sur sa poitrine terreuse et décharnée, semblait fléchir sous un flocon de neige; ses lourdes paupières, si parfois elles se soulevaient péniblement, ne laissaient apercevoir, à travers les épais et longs sourcils blancs qui les recouvraient, qu'un regard éteint pour lequel les êtres vivants n'étaient déjà que des ombres. Il avait dit aux siens :

— Vous ne trouvez plus ici de quoi subsister; il faut vous transporter ailleurs; mais moi, je suis trop faible pour vous suivre, et trop vieux pour que l'existence me soit douce; il faut me laisser ici. A charge aux autres, à charge à moi-même, je veux mourir. Adieu, mes enfants, soyez toujours braves, et oubliez-moi, puisque je ne suis plus bon à rien.

Après quoi il leur avait tourné le dos. Et tandis que la tribu s'éloignait tristement, j'étais allé m'asseoir à côté du sublime patriarche, qui, seul au milieu de ces prairies immenses, attendait dans une silencieuse et stoïque résignation les convulsions de l'agonie ou la dent des loups. Je contemplais ce vieux guerrier avec un tendre intérêt. « Ainsi, me disais-je, il n'aura survécu à tant de combats que pour périr si misérablement! »

Et je ne pouvais retenir mes larmes. Malgré l'affaissement de sa vue, reconnaissant que j'étais un blanc, et remarquant néanmoins que je sympathisais avec sa cruelle destinée, il me sourit affectueusement en me serrant la main. Je pressai la sienne à mon tour; puis je le quittai, le cœur plein d'une amère mélancolie, pour aller rejoindre mes compagnons de voyage, et gagner avec eux le bateau à vapeur qui devait nous reprendre à un mille de là.

L'épiderme des Peaux-Rouges est de couleur de brique; quelques-uns ajoutent encore à la nature en se peignant la face d'ocre ou de vermillon d'une façon bizarre. Ces peintures, tout emblématiques et distinctives, ont une désignation particulière.

Dans leur état primitif, les Indiens sont modestes, inoffensifs, et d'une moralité assez extraordinaire, car la polygamie n'existe chez eux que par un usage invétéré qui vient plutôt de l'orgueil de celui qui garde plusieurs femmes, parce qu'il est

assez riche pour les entretenir, que de ses
mauvaises mœurs. Fidèles esclaves de leur
parole, ils ne modifient ce noble instinct
qu'au contact fâcheux des peaux blanches,
et c'est à l'exemple fatal des Américains
que les Indiens sont devenus trompeurs,
méfiants, intéressés et cruels. Sur les frontières des Etats civilisés de l'Amérique du
Nord, les Peaux-Rouges sont devenus si
vicieux qu'on ne peut plus les prendre
pour de vrais Indiens ; ce sont, à mon avis,
des métis de la civilisation et de l'esclavage.

Les vrais Peaux-Rouges sont ceux qui
vivent du produit de leur chasse et de leur
pêche, loin de leurs ennemis, et dans une
entière indépendance.

De ce nombre, je citerai les Pieds-Noirs,
les Shyennes, les Osages, les Témisamings,
les Kistenaux, tous les habitants du grand
Désert, et les Corbeaux, riverains des montagnes Rocheuses.

Ce qui caractérise un grand nombre de
ces Peaux-Rouges, c'est la longueur de

leurs cheveux. La plupart des Indiens ont le plus grand soin de cet ornement et se pommadent avec de la graisse d'ours.

Les Corbeaux passent pour avoir les plus beaux cheveux de toutes les tribus de l'ouest. Il y en a qui atteignent en moyenne cinq ou six pieds, et qui tombent jusqu'à terre. J'ai entendu raconter, par un voyageur digne de foi, qu'un chef de cette tribu portait une chevelure vraie qui lui servait de manteau.

Les Peaux-Rouges Sioux résident entre le Missouri et le Mississipi; ils sont en général chétifs, maigres, et abrutis par l'usage des boissons. Leur costume est mal entretenu, leur existence est pauvre, et cependant, s'ils le voulaient, rien ne leur serait plus facile que de bien vivre; car ils ont des champs très-fertiles qui, avec un peu de culture, leur rendraient au centuple les grains nécessaires à leur nourriture.

L'impassibilité indienne, le stoïcisme de ces Peaux-Rouges sont passés en proverbe.

Il arrive souvent qu'un Indien dont la chasse a été infructueuse rentre dans son wigwam et s'asseoit près du foyer allumé par les soins de sa femme, sans se plaindre de la lassitude et de la faim qui le torture. Ses enfants seuls se lamentent et pleurent, mais leur mère imite le silence de leur père et cherche à apaiser ces pauvres êtres affamés. Lorsque cette disette se prolonge, l'Indien se nourrit des pelleteries qu'il se proposait de vendre aux marchands de la compagnie anglaise, afin de reprendre des forces pour recommencer une autre chasse, peut-être aussi inutile que la précédente.

Les Peaux-Rouges, en général, ont pour leur famille une tendresse toute particulière, ce qui n'empêche pas qu'ils n'embrassent jamais en public ni leurs femmes ni leurs enfants, et cela par un sentiment de dignité tout-à-fait incompréhensible. Cette affection se continue au-delà du tombeau, car lorsque les Indiens sont obligés d'émigrer, ils emportent souvent avec eux les ossements de ceux qui ne sont plus, à moins que la décomposition récente ne les empêche de songer à ce pieux devoir.

Il ne faut pas croire, cependant, que le Peau-Rouge de l'Amérique du Nord est triste et morose sous son wigwam. Tel n'est point le cas, car au contraire ils aiment à causer, à plaisanter, et tout cela dans les règles, c'est-à-dire sans emportement, sans que jamais discussion dégénère en querelle. Jamais un Indien n'interrompt la conversation, car cette manière de faire passe pour inconvenante. Plus encore, si on les interroge et qu'ils ne pensent pas devoir répondre sur-le-champ, de crainte de faire une réponse inconséquente, ils remettront jusqu'au lendemain. La magnanimité est encore un des traits caractéristiques du Peau-Rouge, et je citerai le fait suivant, qui mérite de trouver place dans cet aperçu.

Un Indien, emporté par l'ardeur de la chasse, arriva certain soir, par un temps pluvieux, jusqu'aux plantations d'un riche

Américain. Il demanda l'hospitalité; mais elle lui fut impitoyablement refusée. Comme il avait faim et soif, il pria qu'on lui donnât du pain et de l'eau; mais le planteur le chassa sans écouter ses supplications. A quelques années de là, ce même planteur s'égara à son tour dans le désert américain et vint frapper à la hutte d'un Indien. Il demanda l'hospitalité, et l'obtint sans la moindre hésitation : on lui donna à souper avec une bonne grâce toute exceptionnelle, et on le traita comme on eût fait d'un prince. Le lendemain, l'hôte reconduisit le visage pâle jusque sur ses domaines, et quand le moment de le quitter arriva, le Peau-Rouge demanda au planteur s'il ne le reconnaissait pas. Certes la question était singulière, et l'Américain ne put cacher sa terreur, lorsqu'il s'aperçut que son guide était le même Indien qu'il avait traité avec une brutalité sans égale, quelques années auparavant. Il lui adressa des excuses; mais celui-ci, sans rien écouter, lui répondit :

— Une autre fois, soyez plus généreux pour mes frères, car je vous ai prouvé qu'ils valent mieux que vous.

Et sans rien ajouter ni écouter un mot de plus, il tourna le dos au planteur, et reprit le chemin du wigwam. Ce trait n'est point le seul que je pourrais citer, car chez ces sauvages la grandeur d'âme est une qualité naturelle.

Une autre vertu du Peau-Rouge, c'est la discrétion, car il ne désapprouve jamais ce qu'il ne comprend pas, ne rit pointdes ridicules, tout en ne comprenant pas que le visage pâle préfère à la liberté la vie de prisonnier qu'il mène dans les villes. Il ne peut pas comprendre que nous ne soyons pas mortellement ennuyés, et pour toutes les richesses du monde il ne changerait pas son existence nomade avec la nôtre.

Le Peau-Rouge qui visite pour la première fois les villes des Etats-Unis éprouve une stupéfaction toute particulière, et lorsqu'il revient dans sa tribu, ses récits suffisent pour charmer les veillées de ses amis et de ses parents. Les chefs et les chasseurs, accroupis sur des pelleteries, sont autour du foyer avec leurs femmes et leurs enfants, et écoutent le voyageur avec une attention scrupuleuse. On dirait des enfants à qui l'on récite une fable, ou à qui l'on raconte les aventures merveilleuses d'une fée ou d'un gnome. L'auditoire prête une attention scrupuleuse à la moindre parole, sans faire le moindre bruit, à tel point qu'on entendrait une mouche voler.

J'ai jusqu'à présent raconté les mœurs des Peaux-Rouges, dont le caractère est doux et favorable aux visages pâles. Il en est d'autres chez qui il existe une haine toute particulière pour tout ce qui appartient à la race européenne. Un Américain avec lequel je m'étais lié pendant mon voyage dans les prairies me racontait un soir l'histoire suivante :

« Cinq de mes amis et moi, nous nous étions aventurés, certain jour, sur les eaux du Rio-del-Puerto, au sud des montagnes Vertes, à bord d'un bateau, dans l'intention de remonter jusqu'au nord, pour y chasser les bisons. L'après-midi du troisième jour, nous nous trouvâmes tout-à-coup, au détour d'un rocher qui formait le coude sur la rivière, devant un campement d'Indiens-Comanches. Reculer était chose impossible, malgré le danger imminent, car déjà notre barque avait attiré l'attention, et une foule d'indigènes accouraient sur le bord de l'eau. J'espérais que ces sauvages se contenteraient de nous regarder de loin, mais je fus trompé dans mon attente, et, à ma grande terreur, je vis que ceux pour qui nous étions un spectacle, ne se contentant pas de nous apercevoir, voulaient nous voir de plus près. En effet, ils avaient mis à l'eau deux larges pirogues et faisaient mine de vouloir nous joindre. Nous ne savions quel était leur dessein; mais songeant qu'il valait mieux éviter les Peaux-Rouges que de les attendre, nous prîmes en mains les avirons et commençâmes à nager le plus rapidement qu'il nous fut possible. Il était à peu près cinq heures de l'après-midi. Nous devions échapper si nous n'étions pas atteints, car la nuit commençait à tomber.

» Nos poursuivants n'avaient pas de voiles, tandis que nous en étions pourvus. A vrai dire, leurs bateaux étaient plus larges que le nôtre, et les Peaux-Rouges étaient plus habitués à manier la rame que mes compagnons et que moi-même. Tant que le vent nous fut favorable, nous pûmes les laisser loin derrière nous; mais quand le soleil fut sur son déclin, le vent tomba et la voile nous devint inutile.

» Alors nous fûmes obligés de descendre notre mât et d'avoir recours à nos seules rames. Ce désavantage augmenta les forces de nos adversaires, dont nous pouvions entendre les cris répercutés par les rochers. La nuit venait, et les sauvages gagnaient de plus en plus sur nous. Bientôt nous pûmes distinguer leurs paroles. Pendant la

nuit, sur les fleuves américains, il règne un
calme si profond, que la voix s'entend à
près d'un mille.

» Le fleuve se rétrécissait de plus en
plus, et c'était là un nouvel obstacle pour
notre salut. En effet, pour nos adversaires,
il nous fallait rencontrer une crique et nous
y réfugier, mais c'est en vain que nos yeux
sondaient les bords : ils étaient uniformes
et lisses comme les murailles d'un canal.

» Je fus alors convaincu qu'en dépit de
toutes nos peines, nous allions être réduits
à lutter. J'abandonnai ma rame et je saisis
mon fusil. Un singulier phénomène suivit
en moi ce courageux mouvement; cela res-
semblait aux effets de la peur : j'étouffais,
mes mâchoires claquaient, je ne pouvais
me tenir debout, et je dus bénir cette obs-
curité qui dérobait à mes compagnons le
spectacle de ma faiblesse.

» Nos ennemis étaient maintenant si près
de nous, que j'étais sur le point d'envoyer
à tout hasard mon coup de fusil dans leur

direction, quand, par un bonheur providentiel, notre pilote, moins troublé que moi, découvrit une anfractuosité dans laquelle il fit entrer notre barque. Nous nous trouvions au milieu de hautes cannes qui nous cachaient parfaitement.

» Une fois là, nous retînmes notre respiration, de peur que le moindre bruit ne vînt apprendre à nos ennemis le secret de notre retraite. Assurément les intentions des Peaux-Rouges étaient des plus dangereuses. Auraient-ils poursuivi pendant plusieurs heures, avec une persistance aussi merveilleuse, des hommes sur lesquels ils n'eussent eu que d'innocents desseins? Il y allait de la vie, car comment résister, si la frêle barrière qui nous séparait venait à s'ouvrir pour laisser passer le regard perçant d'un Kikapoos?

» La nuit était bien noire, et la distance qui séparait les Comanches de notre esquif était assez grande pour qu'ils ne nous eussent pas vus opérer notre retraite. Cependant, quand les barques passèrent devant le lieu qui nous servait de refuge, nous sentîmes, à l'irrégularité du mouvement des rames, que l'hésitation gagnait nos ennemis. Ils n'entendaient plus le bruit de nos avirons et n'observaient plus sur l'eau le léger remous que soulevait notre course rapide. Leurs sens exercés étaient en défaut. Bientôt ils repassèrent, remontant le fleuve que tout-à-l'heure ils descendaient. Bonheur inespéré! cette proie si longtemps et si courageusement poursuivie allait-elle donc leur échapper? Ils redescendirent, puis remontèrent, puis nous n'entendîmes plus rien. Pendant plus d'une heure, longue comme un siècle, nous restâmes sans mouvement, blottis entre les rochers et les plantes marines. Mais nous ne pouvions demeurer là plus longtemps. Si nous attendions le jour, nous serions infailliblement découverts; il fallait fuir, fuir quand même. Nous nous y déterminâmes.

» Par un commun mouvement, nous dégageâmes la barque de la crique; l'eau bouillonna de nouveau sous la pression de notre proue; les rames firent entendre leurs clapotements, qui, mille fois répétés par les échos de la rive, remplissaient notre âme de mille terreurs.

» La bête humaine ne nous observait pas : en amont, en aval, le fleuve était désert. Quelques heures après, nous avions regagné notre campement, nous pressions nos amis dans nos bras, et nous pouvions remercier la Providence, à qui cette fois encore nous devions notre salut. »

Telle est, ami lecteur, l'histoire des différentes tribus des Peaux-Rouges de l'Amérique du Nord. J'ai fait en sorte, dans les pages qui précèdent, de donner un résumé clair et circonstancié des mœurs de ces nobles races dégénérées.

Limoges. — Imp. Eugène Ardant et Cⁱᵉ

Original en couleur

NF Z 43-120-8